歌集

梓川

髙森恵子

砂子屋書房

序

平山公一

髙森さんが流山市の広報誌をご覧になって「潮音流山歌会」にお見えになったのは平成二十七年だから、まだ三年ほどである。しかし以前から短歌に親しみ、またエッセイものにされていた。中断はあっても書くことや詩歌がお好きなのだ。実に誠実なお人柄であり熱心で、「流山歌会」も歌集に詠まれている病気のときを除いては無欠席である。

わが身体動けぬときの支へにと習ひ始むるこの歌の道
まつくろのネガにポツンと白き点直径八ミリ早期発見
桜開花に吟行せしが病院のベッドに今は紅葉を見つむ

その髙森さんが、短歌への日は浅いながらも、歌集『梓川』上本の決断をされた。「潮音」の三年はもとより、それ以前に書き留めたものを含めて「みずからの足跡」をまとめておきたいという湧きあがる思いの実践なのだが、ご病気と八十歳という節目の年齢からでもある。

以前に書き留めたもの、たとえば掉尾の「福祉はどうあるべきか」は四十四歳のときの文章だが、かつての社会参加や社会への思いが遺憾なく伝わる。「正論」の審査委員磯村英一都立大名誉教授は第一席となった髙森論文を「ボランティアとして体験しながら〝福祉とはなにか〟を常に問いかける。その結果は〝社会福祉〟という制度に対しての疑問となる。このような問題をかかえて進むのが〝福祉〟である」と問題の捉え方の適切さを評されている。

膝近き雪の残れる峠では熊笹を敷きテントを張りぬ
二の沢にわれらはゐたり本谷の雪崩のやうす恐れ見守る
蓬春の画に魅せらるるコバルトのラピスラズリと銅のみどりに
なつかしきセガンティーニの画もありぬ乙女木に添ふ「アルプスの真昼」

『梓川』と題されたように若き日はよく山に登られ、また絵画も旅も音楽もたのしまれる。もちろん家族を詠まれた歌もある。

娘の縁談こころ重たきまますすみ涙も枯れて結納済みぬ

息子らがレースのカーテン洗ひゆき二年ぶりなる居間の明るさ
年内の退院決まり安堵せり日々を通ひし夫に感謝す

よきご主人、子どもさんに恵まれ歌の中にも愛情がこもっている。庭の花や社会に目を向けた歌も優しい。歌数は決して多いとは言えないが髙森さんの半生が凝縮され、立ち上がってくる一冊なのだ。

短歌への取り組み、思いは人それぞれである。その中でこの『梓川』のように自分の生きた証として「過ぎこし」をまとめるのも短歌の原点のひとつだと思う。だが短歌に取り組んでまだ日は浅い。米寿、白寿と人生は続くので、これを契機としてこれからも精進していただきたい。そして体力・気力の続く限り詠み続けられることを願っている。

＊目次

Ⅱ

装本・倉本　修

歌集　梓川

I

寒の雪

友よりの電話のありて家政婦にひとしきりわれの過ぎ来しを恥づ

寒の雪少し残れる庭先に陽はふりそそぎ草の芽もふく

なだらかな傾斜をもてるかはら屋根重たき雪をひとり落しぬ

雪かきの手を止め語るひとの声をさならに似て弾みて聞こゆ

二浪せる息子《こ》ありて夜ごと高価なるフェルトのスリッパにはきかへてをり

節分の豆まきの声小さくてもつと大きくと夫にねだりぬ

娘の縁談

娘の縁談こころ重たきますすみ涙も枯れて結納済みぬ

壊されし母の誇りと勲章は夫との距離となりて久しき

娘の挙式眠れぬままにあれこれと思ひて夜半のひぐらしをきく

点となり空に消えゆく銀翼の子らに誓ひぬ子離れのこと

夏祭

夏祭太鼓や笛もなくなりてただ〝ワッショイ〟の静かに通る

ピーヒャララ、ドンドンと鳴るおみこしに〝ワッショイ〟の声も賑やかなりき

青森のねぶた祭はみごとなり踏子も茶髪、ねぶたも茶髪

ドライブ

高速の常磐道のゆく先に森はつらなり茜に映ゆる

やうやうと松のかなたに広がれる海をすすきはゆれて邪魔せり

渋滞に黒き前車は雨にぬれ桜吹雪をはりつけてをり

庭

乗ることもなくなりしバス見過ごして今日稽古日と気づく夕暮

この春も庭の花木に癒されて老いゆく母の見舞に過ごす

老いを知る歳となりしや窓辺には今日も蘇芳や海棠の咲く

五十路すぎ先の不安を癒すごと庭の草木は陽に映えてをり

厨辺に立ちゐる側にたたずみてじつと見上げる猫のまなざし

それなりの言ひ分あらう雄猫は喧嘩の止めにじやまものなる目

淡黄の可憐な花を見つけたりわが家の庭の初ものなれり

オリンピック

ブラジルに五輪大会始まりぬテロのなきやう祈り楽しむ

晴れやかに小旗振りつつ入場すおのれのために祖国のために

念願の金メダルとり日の丸をあふぎて歌ふ「君が代」いかに

（体操男子団体）

ドーピング問題あれどロシア女子水中演技はまさに圧巻

能登

新幹線も美術館にも感動のなきまま古き総持寺に来る

能登の海雲ひとつなく広がりて両手にみどりの島を抱きぬ

どの皿もあすなろの葉をそへてあり県木ですと宿の係が

総持寺のどっしりとした彫りものに心奪はれ立ちすくむのみ

鉄舟の墨跡太くたくましく力強きに人柄偲ぶ

小菊

くれなゐの小菊のつぼみほころびてだいだい色の花に変りぬ

赴任地へ夫は発ちゆき今日からは独り暮しのリハーサルなり

旅先の楽しみのひとつコカリナをこつそりと吹く川岸に来て

パーヴォヤルヴィの最初の音が聞こえないシャルルデュトワは聞こえたのに

ヤルヴィのタクトのせゐかわが耳の老いのはじまり不安の募る

金色の小さき鳥はみな散りて社の神木青空に立つ

われの歌はじめて載りたる「潮音」は最後のページより読み始めたり

除夜の鐘聴きつつ作るおせちには時々を刻む家族の顔が

一年前計画したる三つ四つなされぬままに「羊」去りゆく

ゆつくりと本を読みたし今年こそ「猿」は去るにとならぬやうにと

愛らしき孫は三歳「禁甘味」ガールフレンドにチョコの味知る

芝桜

なめらかに曲線描く芝桜秩父の山と若葉に映ゆる

羊山公園愛でる珍客は一籠八匹の小さなワンちゃん

驚くは犬の年齢すべて皆十歳以上と更にびつくり

医王寺

医王寺の牡丹愛でしが風強く光にうなだる水をやりたし

閑静な医王寺附近のたたずまひこんなところに住むのも良きか

かるたの師

久々にかるたの師との食事して夫とは会社の同期と知りぬ

師の作りし紙人形を見に行けり森の中なる公民館へ

紙人形幼きころの思ひ出に歌まで出てくる童の遊び

囲碁めんこはないちもんめ雛人形鎧兜や馬のりまでも

防空壕野菜畑にかつぱう着幼きころの様子浮かび来

終活と師はのたまふが紙人形銀座「和光」に飾つて見たし

朝がたを眠れぬままに九州の地震続く日そこに身を置く

霜

刈り込みし丸い檜葉にうつすらと霜あり静かに寒のはじまる

救急車角を曲りてとまりたり思はず開ける如月の窓

母猫に委ねたきほどの小ささを息子より預かりはや十年に

一年で六年歳をとるといふ今や初老の通院の猫

義姉逝き独りとなりて三ヶ月兄の洗濯炊事はいかに

春はそこまで

ヒヤシンスほんのり紫のぞかせて午後の陽ざしに初雪溶ける

紅梅とあせびの後ろに雪やなぎ少し顔みす春はそこまで

青き空ま白き山のマッキンレーに若きわたしが立つてゐる　夢

誘はれて半世紀ぶりの麻雀にポンだチーだと笑ひこぼるる

下草のみどりに二ひら舞ひ降りて梅の花びら白をきはむる

久々の春の青空庭枝の向かうに見ゆる白き半月

肝炎のウィルス消えて筑波嶺に登ればいただきに雪の残れる

久々の雪の感触思ひ出しどこまでゆけるか試してみたし

庭中の木々に花々咲きそろひ春陽浴びるも風は冷たし

ちらほらと桜咲き初む公園の水面に映りさざ波にゆれる

おみやげ

「明日からは社会人だよありがたういい旅できた」と孫から電話

おみやげはインドの紅茶研修が済んでからねとわざわざ伝へ来

杜若《かきつばた》一輪咲きて夕闇の冷たき風に白く揺れゐる

つややかな赤芽の垣根続きをり祖母の菩提寺おもひだす季《とき》

半世紀

十二時のチャイムの鳴りてバス停に子連れのママが円陣を組む

だつこ紐と送迎用の園のバス半世紀の差をここに見てをり

乳飲み児をおんぶし園児を迎へにき週一当番園まで歩き

柏の葉公園

五月なり日本庭園の茶室には「薫風自南来」のお軸が

お茶室は立礼席で床の間に扇子のつもり杖を横にす

竹かごに二本伸びたる京鹿子この園内に咲いてゐたると

滝の音は橋をくぐりて池に入り鯉はゆつたり木蔭に群れる

柿の木の若葉は日々に枝を隠し雨空のもと風に揺れゐる

杖

颯爽と自転車に乗りしこの道を今は杖にて歩いてをりぬ

バス停から家まで僅か百メートルそれでも一、二度休むわれなり

雪の下蕺草《どくだみ》の花白く咲き手入れの出来ぬ緑に映ゆる

六月に入りいただく「みなづき」は夏越の祓と味はひてをり

梅雨の雲の間より出たる陽を浴びて喜びに啼く鳥の声聴く

チュチュチュンと雀の声は明るくてつゆの晴れ間を喜びてをり

花八汐

ゴーヤの葉は夏に真向かふ掌の大きさになりさらに伸びゆく

木道に導かれ観る花八汐ピンクに染まり深緑に映ゆ

息子らがレースのカーテン洗ひゆき二年ぶりなる居間の明るさ

これからは出来ないことは言つてよの息子の言葉に老いを噛みしむ

風にのり盆踊り歌聞こえくる息子にねだられ出かけしことも

II

検査入院

まつくろのネガにポツンと白き点直径八ミリ早期発見

二十秒息を止められぬわれなるにＭＲＩの造影検査

一日のリズム狂はす入退院眠れぬ夜をもてあましをり

入院

病室の窓辺に見ゆる街路樹の紅葉に明日の手術忘るる

紅や黄とみどりの森に連なりて夜のとばりは静かに下りぬ

さざ波のやうな呼吸をくり返し大きくひとつ深呼吸する

肺の水一三六〇ccも出でしとぞ少しの咳にてやつと眠りに

桜開花に吟行せしが病院のベッドに今は紅葉を見つむ

林立のビルの欠けたるあひまより眩きばかりの朝日昇り来

ビルの背に隠れし朝日顔を出し大鷹の森をあまねく照らす

久々に高きより見る下界なり病を持たねば知らぬ世界よ

紅や黄もみどりも闇につつまれてビルの灯りが夜の紅葉

入院に子らのなせるをつぶさに見われを越えたるものが宝と

夫とわれ一たす一は一なりぬされど最近どこか狂へり

晩秋の森にひときは目立ちゐるハッとするほど黄色いいちやう

うつすらと雪を装ひ昨日までの晩秋の森姿をかくす

苦しからう老いのしはぶきわれもまた胸を押さへてそつと咳する

つくば嶺の茜の雲はたなびきてモルゲンロートの歌思ひ出づ

病院にクリスマスツリー飾られて街のにぎはひしのばるるなり

両手の甲点滴の針に刺されゐるわれにナースの対応やさし

今日もまたリハビリ終へたり年内も残るは十日退院いかに

看護師が日ごとに変るガンセンターやさしき人に会へるは嬉し

鉛色の雲ひとすぢに朝日さし鴇色ただよふ流れとなりぬ

白雲の去りゆく後に青空が筑波の山をくっきり見せる

朝と夜かならずみえる先生の笑顔に心なぐさめらるる

病院の廊下チョロチョロの幼子に「歳は?」と問へばわれもきかれぬ

雲の峰バックに映ゆるつくばねのあゐ色の線勇姿を描く

退院

年内の退院決まり安堵せり日々を通ひし夫に感謝す

過ぎし日の友より見舞の胡蝶蘭腕に抱きてカメラに収まる

山茶花のみごとに咲きて枯庭に人の視線を集めてをりぬ

木瓜三輪枯庭に咲くわが家なり退院四日目あたたまりゐる

九十一歳の巨匠の第九年末にやはりわが家よボリューム上げて

リハビリ

胸水が溜つてをらず安堵する退院初の外来診察

幼らがザリガニとりし小川には三重の輪や斜線の薄ら氷

猫の草一鉢残るをチャメのため荷物覚悟で買ふことにする

立春を過ぎて大雪の地もあるに紅梅白梅咲きゐる公園

リハビリのコースは歴史公園なり杖つきゆつくり転ばぬやうに

亡き母の大好物の蕗のたう今年も開きぬ春一番に

雪やなぎ小さき花をちらほらと如月なるに次は桜よ

新年

玄関に黄色いラッパ水仙が風にゆれゐる見てよ見てよと

山茶花の色どりのみの枯庭に木瓜二輪咲く松の内なり

松の内晴天続き七草の粥を夫ととれる幸せ

じつくりと体の芯まで暖める陽のありがたし猫も寄りそふ

仲人宅を訪ねしをりにいただきし万年青は赤き実三個つけたり

原付の免許証今日返上すおもへば長き日々であつたよ

山口蓬春

大和絵のその色づかひに訪れたし葉山の山口蓬春記念展

陶三彩四十センチの人形を山口蓬春こよなく好めり

蓬春の画室の窓に広がるは今満開のミモザの大樹

晩年は庭の一部を切りとりて画の題材に使ひし蓬春

蓬春の画に魅せらるるコバルトのラピスラズリと銅のみどりに

すずらん

草萌ゆる陽あたりの良き広場なりつくし探せど一本もなき

若き日にともに登りし山仲間春の叙勲に名を見つけたり

息子のくれしすずらん今年も咲きはじむ初月給の母の日なりき

すずらんの咲けるは今年でいくとせか息子も二児の親となりゐる

サバンナの白き甲羅を持つ亀はわれより早く歩き草食む

朝の陽にぱっちり開き楚々と咲く風にそよげるアネモネの花

白き提灯

ご近所の新盆二軒たづねたり軒に吊さるる白き提灯

蟬の鳴く終戦記念日に甦るおはぎを前にみな泣きゐしが

数十年ぶりの日照不足とふ茗荷はとれずトマトにはひび

娘はや五十二歳の誕生日その朝弾道ミサイルが越ゆ

久々の陽に誘はれての散歩道赤紫のむくげ咲きをり

まんじゆしやげ

スクランブル交叉点行く人の頭上とんぼが二匹すいすいとぶ

まんじゆしやげ白きを見たる散歩道はじめての花こころに収む

パラグライダー広げて瞬時の風を待つ若者ふはり飛びたち行けり

公園は蟬に混じりて虫の音も競演はじむる季とはなりぬ

常磐道のうしろにとび去る広き田は黄色くなりて実りも近し

銀行印今日も出で来ず貸金庫にもなくて新たな印に変更

瀬戸の旅

出だされし白きタオルに青の糸鷗風亭と刺繡されをり

鷗風亭一枚ガラスのその先に瀬戸の島々広がりてをり

通信使も眺めたりしか鞆ノ浦同郷の人らの帰還祈りて

日の暮るる対潮楼より眺めをり朝鮮通信使の心偲びて

瀬戸内の下弦の月は一すぢの光を放ち海面にゆるる

月高く昇りて海面黒々と油を流したるやうな凪

鷲羽山の宿から白き吊橋の島なみ街道続くを見つむ

鞆ノ浦とは異なる鷲羽からの瀬戸日の落つるまで飽かず見てをり

倉敷の市庁舎内に置かれたる貸し車椅子のありがたきかな

あらかじめの申し込みにはボランティアガイドもつける倉敷の街

あこがれし大原美術館内は名高き画家の画あまた飾らる

なつかしきセガンティーニの画もありぬ乙女木に添ふ「アルプスの真昼」

我孫子市の「文化を守る会」所蔵ロダンの彫刻ガラスのケースに

叔父

叔父逝きぬ叔父の設計せし小屋を若き日のわれ毎年借りにき

志賀山荘に毎年スキーに出かけたり叔父勤務せし大学の寮

見舞にも行けずひつそり逝きし叔父良き思ひ出は胸にしまひぬ

「己には厳しく他人《ひと》には寛容に」嫁ぐわれへの叔父のはなむけ

手をつなぎ夫と散歩のかたはらをヤッホーの声車去りゆく

ほととぎすの葉うらにしがみつく虫はいかなる蝶に変身するや

左手のたつた二本のバネ指に湯呑も持てず片手で洗面

自転車のハンドルぐらぐらさせながら師走の夕べを半袖の子が

歌会の往きも帰りも歩けたり術後はじめて嬉しさこみあぐ

スクーターの少女は右手にハンドルを左手は携帯電話を耳に

III

梓川

わが身体動けぬときの支へにと習ひ始むるこの歌の道

たまに来てかぶはこまかく切つてよと老いたる父母の好みも変はる

子守り歌唄ひて床を抜け出るに小さな拍手われの背にあり

梓川白、藍、みどりの山々をひとつに映したゆたひてゆく

泉南の山低けれどアルプスの土と変はらぬ山の匂ひが

常よりも軽やかと思ふ琴の音に指のかたさもしばし忘るる

病み深き父の枕辺とびまはる小さき虫をそつと逃がせり

いつしかにハープの音に変はりをり新宿駅の発車のベルが

秋

店頭に秋を見つけたり朱き実の光りて食べる楽しさも増す

亡き友の毎年くれゐしカレンダー娘がひきつぎ四年になりぬ

晩婚の息子にもうすぐ第二子が喜寿を過ぎたるわれらに重し

すつきりと着こなしをりしブレザーも少したるみぬ通院の夫

定まらぬ脳の手術の後遺症今日は明日はと一喜一憂

初の山行

「雪嶺」の初の山行は穂高岳こつくり紅葉青空に映ゆ

星を見つつ設営したる涸沢のテントを「やあ」と先輩のぞく

奥穂高かなりスタンス大きくて頂上までを気を抜かず行く

奥穂高のいただきの景には言葉なし槍も滝谷もつぶさに見ゆる

晴天に恵まれ下山対岸の紅葉が眼をうるほしくれる

五月

アプローチ長かる南アルプスは北沢峠で一日《ひとひ》を終へぬ

膝近き雪の残れる峠では熊笹を敷きテントを張りぬ

甲斐駒はりりしく聳え見晴しを楽しみ登る雪も残れり

仙丈のなんといつてもたをやかな白き姿はいまも瞼に

この峠いまは車やバス通り考へられぬ昔のことが

雪上訓練

マチガ沢轟音とともにころころと雪のかたまり雪崩落ち来る

二の沢にわれらはゐたり本谷の雪崩のやうす恐れ見守る

目の前に雪崩を見たりピッケルを握りしめつつ励む訓練

連休の谷川岳は人、人、人白毛門よりニヤニヤと見る

あけやらぬ河原の石を踏みゆけば山靴《ナーゲル》の下に火花とび散る

限界を知る

嵐去りはじかれるごと新宿を発ちて夕方大町に着く

高瀬川沿ひにみどりのトンネルを一日かけて二股へ着く

新しくカラフルきれいなバンガローテントも張らず一夜の宿に

翌朝の炊事当番われなればナーゲル履かずわらじ拝借

朝靄の中で炊事をするわれに丸太棒を振りまはす人あり

怒りつつわれに近づき怒鳴なり訳もわからず発電小屋へ

人足は朝履物を履かれると足をとられると忌みきらふとぞ

納得しよく謝りて解決す別の世界に踏みこみしわれ

三日目は千丈沢の偵察に翌日槍の先発に合流

裏銀《うらぎん》後立《うしろたて》の縦走に元気いっぱいわれら十人

尺八のザックは八貫肩にくひこみ一日行程三十キロを

おそろひの黒のベレー帽一陣の風に飛ばされ鷲羽に捧ぐ

船窪の水場は遠く明日用の水筒に沸かした水たまりの水

晴天の鹿島槍での一服は色のつきたる水筒の水

ふもとより登り来たりし他のパーティー「鹿島頂上の紅茶もいいわネ」

五竜では遠見より来し同級の友らに逢ひて元気をもらふ

わが脚の短さに難きキレットは皆の助けでなんとか登る

唐松も杓子ももくもく歩くのみ白馬岳にて女子のみ下山

大雪渓をグリセードにて猿倉へ着更への時にあわて驚く

両足はむくみて膝無くのつぺらぼうわが体力は二十日が限界

山の花わからぬものは何もなしすべては深山《みやま》知らね草なり

花の名を知ることよりも霧の中ひつそりと咲くを胸にしまひぬ

熊

赤石より百間洞のテント場へ戻る途中に大き熊見る

一瞬のときめきありて「あ、熊だ」熊との距離は五十メートル

「どこ、どこ」「あ！　ほんとに熊」そろっと小屋の中のテントに

しばらくは身を固くして様子みるどうやら難は過ぎ去りしやう

暗やみの中で食器の片づけを水場は近く手早く済ます

背中越し何かの気配に振りかへる黒のジャンパーを着たるリーダー

ほつとするもその夜なかなか寝つかれず熊におびえて疲れと眠る

聖への道は尾根すぢころあひの高さの枝に赤布をつける

小雨降る聖を越えて聖 平《ひじりだひら》体調悪く下山を決意す

光《テカリ》まで行きたかりしが晴の日に遠山郷を過ぎバス停へ

一日《ひとひ》かけバス停までの道すがらゆったり長閑な集落のあり

Ⅳ

私の愛読書

私の愛読書は一冊のまとまった本ではありません。青い額に収まったたった一枚の色紙に書かれた一編の詩です。私が高校生の頃親しくしていた友が、ある日「こんな詩が好きなの」とノートを一枚破いて書いてくれたものです。その頃の私は比較的裕福な家庭に育ち、他人の気持を思いやることも、何の苦労も知らぬお嬢さんでしたので、その詩がなんとも無気力な詩に思えて仕方ありませんでした。

それから数年後、私は結婚し主人の転勤で東京から和歌山にまいりました。新幹線のまだ通らぬ頃で親兄弟、友だちと遠く離れ、言葉も水も異なる土地での社宅住まい、アパート住まい、自宅住まいを経験すること十三年半、その間には二度の出産、おむつのとれない子供をかかえてギックリ腰で一ヶ月近く動けずに寝ていたこともありました。苦しいこと、悲しいこと、つらいこと、そんなとき、この詩がふっと口に出て来るのです。

いそいそと芽を吹きて生き生きと葉の伸びる
力あるにおい草とこしえに青々と
天土《アメツチ》にただ一人力強く生きてゆく
争わずおかされずうらやまず悲しまず
しとやかにもえいづるわが庭のにおい草

なんとたくましく明るくつつましい詩なのでしょう。そして争わずおかされず、うらやまず悲しまず生きることがどんなに難しく大変なことか、あらためてかみしめる思いです。

お習字の先生がお餞別に何か、ということでこの詩をねだって色紙に書いていただきました。額は一緒にお稽古していた方々のお餞別です。居間に飾られているこの額の一枚の色紙の中には私の人生の何人かのお友だちのそれぞれの思い出が込められており、未熟な私をときには慰めときには励ましてくれます。
誰の詩なのかこれまでも何人かの方にお聞きしてまいりましたが未だにわかりません。でもこの詩のような生き方に少しでも近づきながら生きてゆけたらと、私の座右の銘とも宝物とも思っています。

(㈱日本短波放送　昭和55年11月放送)

お見舞い

今年も紅蘭の花が咲きはじめた。うすい赤紫の花は庭のみどりを引きたたせ、亡き父のことが思い出される。私の生家である東京の家から、幼くして疎開した先の埼玉の家に移したものを流山の家に運んだもので、父が好んでいた花である。昨年の今頃、まだ杖に頼ってゆっくりながら歩けた母が泊まりに来たときも一面に咲いていた。

連休の一日を利用して「母の日」には少し早かったが、実家に程近い病院に入院している母を見舞った。電車で行くと三回乗りかえるので、片道二時間半はかかるが、夫の運転だと一時間二十分ほどで行ける。しかも車だと椅子をリクライニングして寝て行けるので、電車で行くよりははるかにらくである。

一昨年の今頃、私も体調をくずし半年ほど入院、通院の日々にあけくれていた。夫は遠隔地に単身赴任をしていたため、入退院はすべて自分の手で行い、十日ごとの病院の支払いも高額医療だったため、費用の調達も院外届を出して、日本橋まで出かけて用意をした。乳房の間を汗がいくしずくも伝わり熱っぽい身体をやっとベッドに横たえたとき、こんなことでほんとうに治るのだろうかと淋しく考えたこともある。「手術をするわけでなし、治療なんだからお見舞いはいいわよ」と明るく言い切って入院したものの、やさしく案じるまなざしに甘えたくなることも何度かあった。

父のときは、まだ私も若くて疲れを知らず、三日に一度父の枕辺に夜をあかして見守ることができたが、無理のできなくなった私には、月に数回のお見舞いに通うことが精いっぱいである。姑の入院したときも稽古事を辞めて週二度は見舞えたのに。

胸の裡で詫びながら、たとえ回数は少くとも、母に満足してもらえるお見舞いにしようと心に誓う。

「お庭に咲いた紅蘭ですって」母の顔を覗きこむように付添いさんが言う

と、母はこっくりと頷いて「きれいだねー」と微かな声でつぶやいた。

くしゃみ

　ハルシュタットはオーストリアザルツブルグ地方の南端にある。ひところテレフォンカードに使われた、みどりの山々に囲まれた湖の先に教会の白い塔がすうっと立つ町全体が世界遺産の美しく小さな町である。ドイツ語でザルツとは塩のこと、この町からも塩が産出される。

　私の泊った宿から徒歩十分ほどのところに、岩塩鉱の入口に行く傾斜四十五度近い登山電車が、岩にへばりつくように通っている。その最終電車は四時、あわてて走りようやく間に合った。五分ほど乗ると降ろされ、そこから五十メートルほどを草つきのゆるい坂道を歩き、岩塩鉱入口の建物に辿り着いた。その建物の中で各自の体に合ったサイズの作業着らしい上下を身につけ、入口まで行きトロッコ電車を待っていた。

走ったり歩いたり登ったりで汗をかいたうえに、作業服のような物を着て電車を待つ間に少しづつ汗が収まって来た。皆ひとかたまりになっている。片言の英語でなんとか話し合っていると、急に鼻がムズムズしたかと思うと「ハックション」と人の真ん前でやらかしてしまった。「アイ、アム、ベーリィソリー」慣れない英語で懸命に謝った。すると目前にいた女性が何やら話したが私には分からなかった。夫の話によると、この辺の人たちは目の前で大きくくしゃみをされることは大きな幸せを持たらすとか。目の玉がまん丸くなるほど私はびっくりした。

間もなく来たトロッコ電車ならぬ丸太の電車にまたがって地底湖まで。地底湖の周りでカメラのシャッターを切ろうとするとさきほどの女性がさっと来て私たちを撮ってくれる。「次は私たちが」と言っても「いいから」と言う。そんなことが何回かあり私たちは丸太の電車に乗り入口に戻って来た。帰りしなには「ありがとう」を言われ、面くらったのは私の方である。土地が変れば品変るではないがいつまでも忘れられない旅の思い出になった。

大切なもの

「もと君、あとどのくらいあるの？」

もと君は「うーむ」とちょっとはにかみながら首をかしげた。陽は灼けつくように頭上から照りつけ、両側に歩道のある路は、大きくカーブして先が見えない。細めの歩道をひろ君と手をつないで歩いていた私は、二メートルほど先を行く孫に、あえぐように声をかけて立ち止まった。

基由《もとゆき》は幼稚園の年長組、弟の宏文《ひろのぶ》は二歳年下の年少組である。つい四日ほど前、娘家族は婿殿の大阪転勤に伴い、名古屋からこの東豊中に移って来たばかりである。娘は引越前のハードスケジュールの上に、ひろ君の風邪を仲良く引き継いで、引越当日から発熱した。荷送り、荷受けの二日をがんばったのち、ついにダウン、四十度の熱は三日も続きとうとう入院とあいなった。五年ほど前に体調を崩して以来、無理のできなくなった私は、忙しい二、三日だけ孫の守りと、食事の支度を手伝いの範囲と決めて、ノコノコ、イソイソと千葉県から出て来たのであるが、熱の下らぬ娘を置いて、帰るに帰れぬハメとなった。

「ママ入院」となったその夜の孫たちは、ベソをかき、異常な興奮状態に陥った。その翌日のことである。朝から「ママのところへ行こうよ」の連発に耳をふさぎながら、急いで家事を片づけ、病院とは反対方向にある不二家まで、幼い孫たちの手をひいて五分ほど歩いた。菓子折を見つくろったのち、娘のいる病院へ、そして病院を後にしたのは、午後の一時を過ぎていた。

　これから帰って昼食の支度はちょっときついなと考えて、病院近くのコンビニに入り、孫たちの大好きなツナのおにぎりを捜した。が、ツナだけがあいにく一ヶも残っていなかったのである。

「おばあちゃん、もうひとつのお店に行ってみようよ」

と言いだしたのがもと君。

「他のでは駄目なの？」

「やだ」

というもと君につられて
「僕もやだ」

とひろ君。引越して以来、娘の住まいであるマンションから、外に出たのはまったく初めての私は、パパと散歩がてらお買物をしたもと君の言にしぶしぶと従った。

　もうひとつのお店とは、病院をはさんで家とは反対の方角らしい。炎天下の上り坂をときおり車とすれ違いながら、私はだんだん腹がたってきた。婿殿がマンションの近くには何もなく、先のコンビニと不二家があるくらいと言っていたことを思い出したからである。いったいどこまで歩かされるのやら。

「もと君、おばあちゃん、もう疲れちゃった。お家に帰っておもちかおそうめんでも食べましょうよ」

　どちらかひとつに絞って言わなかったのがそもそものあやまり。

「うん、ぼくおもちがいい」

とのって来た。

「ひろはおそうめん」

やれやれ大変なことになった。両方作るなんて。

「やだ。僕おもち」

「ひろはおそうめん」

いいかげんにしてよ。ついに堪忍袋の緒が切れた私は、

「おばあちゃん、とても疲れているの。お家に帰ってお昼を作るのがつらかったので、おにぎりにしようって言ったのに」

幼い孫たちを相手に、とうとう言葉のゲンコツを振り上げてしまった。

孫たちは一瞬シュンとしたが前よりも激しく、

「やだ。やだ。僕おもち」

「ひろはおそうめん」

「お願いだからどちらかひとつにしてね。じゃ、じゃんけんして」

僕おもちとあくまでも譲らぬもと君に対して、ひろ君は、一点を見つめ

ながらきっぱりと
「ひろ、じゃんけんいやだ。おそうめんがいい。だけど、おばあちゃんがかわいそうだからおもちでいい」

「ひろ君、ありがとう。ひろ君はいい子ね」

三人はやっと坂道を家に向って下り始めた。

いちばん小さなひろ君が輝く太陽よりも眩しく、大きく見えた。ありがたかった。この子は一度言い出したらきかない子なのに、他人の気持を汲むやさしいものをもっている。しかも堂々と自分の意見や考えを述べている。四歳のころの私にこのようなことが言えただろうか。お金では買うことのできない大切なもの。お兄ちゃんであるもと君ならまだしも、こんな小さな子に助けられただらしのない私、しかし、情けなさよりもなぜか嬉しさの方が強かった。祖母バカの一種だろうか。自分の分身の、そのまた分身である幼い孫から、温かく伝わってくるものがあった。ふんわりと暖かいものに身体じゅうすっぽりと覆われたような、それでいて爽やかだった。

早いもので、あの日からもう二ヶ月が経つ。ひろ君のことを思い出すたびに、欲張りな私は、心の中でひとつの注文を出している。

「あのときはとっても嬉しかったけど、ひろ君がほんとうに譲りたくないものは、ぜったいに譲っちゃだめよ」

と。なんとまあ、勝手なおばあちゃん。ひろ君がこれを聞いたら怒るだろうか。

（東急クリエイティブライフセミナー渋谷BEエッセイ教室有志同人誌「みづ11号」）

一九九八年一月一日発行

クレムスの街で

クレムスの船着場から、城門までがとても遠く感じた。メルクからのドナウ遊覧の後、私たちはウィーンへの電車を一電車遅らせて、クレムスの旧市街を少し歩くことにしたのだ。

クレムスはドナウ川の右岸にある小さな城下町で、ウィーンから電車で約一時間の距離である。昔はドナウ川の要塞として栄えた街のようだが、現在では城もなく城門のみが残されている。船着場附近は舗装され、きれいに整備されていたが道標が見当たらない。インフォメーションを通って城門までの道が分かりにくく、何度か尋ねながら歩いたせいかもしれない。ウィーンでは時々日本人に出会ったが、メルクやクレムスではさっぱり。それがかえって外国に来た、頼れるのは夫と自分だけ、という気持を強くして、これも個人旅行の醍醐味と心地良い緊張感が全身に漲る。また、この辺はドイツ語圏内で、土地の人に英語で話しかけても、ドイツ語の返事が返って来る。

散歩中らしき老夫婦にガイドブックの地図を見せ、城門への道を指でなぞって尋ねると、途中まで一緒について来てくれた。両側に歩道のついた幅の広い並木道だが、人通りはまばらである。古くてどっしりとした建物やホテルが続いた。インフォメーションを見つけるとほっとし、大きな森の公園に沿って進むと、急に明るい小さな広場に出た。中央の花壇には、赤や黄の花が陽の光と競うように咲いている。その向こうに色といい、形といい、絵本にでも出て来そうな城門が見えて来た。うすいピンクとクリーム色の高い塔の上には、丸い時計がはめこまれ、左右にはワイン色の円錐形の帽子をかぶった小塔を従えている。

広い通りもそこまでで、城門の下は乗用車二台がやっとすれ違いできる幅である。

旧市街は歩道もなく城外より道が狭い。しかし、人通りは多く軒先まで張り出した商店が並んで活気に溢れている。白髪のおばあさんが真赤なワンピースを着て、白い犬を連れて前を歩いている。なかなかのセンスと感心し追い越してみたら、アイスクリームを食べながら歩いているのだ。思わずクスリとしてしまう。なんとも解放的で親しみのある街だ。

少し行くと左手に曲がる石畳の細い坂道があった。両側の家の壁は古びた石造りのようで、何ヶ所か道の上をアーチのように渡して、左右の家がひとつの家のようにも見える。ゆっくりと上り坂を楽しみながら進むと教会のみどり色の塔の先が見えて来た。まるで中世の町に迷い込んだような、甲冑の騎士にでも出合いそうな雰囲気を持つ坂道だった。魅かれるように坂道を登り切ると小さな広場があり、教会が現れた。

広場の中央には大きな樹が植えられ木陰を造っている。広場の先は二方に道が見えた。歩道のある広い方の道は、前方が開けて明るい感じで、またすぐ下り坂である。附近の家の壁に並んだ小さな窓の下には花が飾られ、落ちついた住宅街として趣きのある道だった。

この坂を下ったら駅の方に出られるだろうかと考えていると、坂道をすらりと背の高い、若い娘が登って来た。知性的な匂いがする。夫が、「この坂を下って、駅までどのくらい時間がかかりますか」と尋ねると「五分」という返事、「良かった、まだ十五分ある。このまま下ろう」という夫に娘は「坂を下ったら右に少し行って、自転車屋さんの所を左に曲がると駅です」と教えてくれた。

少し歩き出すと先ほどの娘が追いかけて来た。自分も駅まで用事があるから一緒に行きましょうとのこと。三人で坂を下りながら片言の会話が始まった。

彼女は二十歳、大学生で、教会の近くに住んでいるのかと思ったら、なんとブダペスト。イギリスに留学していると言う。教会の近くに用事があって暑いなか、坂を登って来たのに、私たちのために駅まで一緒について来てくれたのである。そのさりげない親切がとても嬉しく感謝の気持でいっぱいになった。駅の近くで写真を撮り、時間ギリギリまで話をし、おたがいの名前と住所を記しあって、改札口の所で別れた。

自分の娘や息子よりももっと若い二十歳の娘《こ》の目に、ドイツ語をしゃべれない異国の初老の夫婦は、なんとも放っておけない存在だったのだろう。先の老夫婦もインフォメーションのわかる所まで一緒について来てくれた。そしてこの帰途、ウィーンの北駅から地下鉄に乗ろうとしたときも、行きかたを尋ねると若い男女のカップルが、わざわざホームまでついて来てくれ、切符をまだ買っていないと告げると、再び戻って切符売場まで連れて行ってくれた。

なんと親切で温かい人たち、わずか二時間足らずのクレムスの街であったが、触れ合うものが多く、満ち足りた豊かな気持にさせられた。

尋ねられたらわかる所まで責任を持って導くという態度は、国民性？　いやヨーロッパの人々の徹底した道徳観念なのだろうか。その根底に流れる教育のみごとさ、否、ボランティア精神だろうか。

それに引きかえ日本はどうだろう。日本での自分は外国人に対し、ここまで親切に充分に教えてあげられるだろうか。日本の若者たちが外国人に対しこのような優しい接しかたをするだろうか。

クレムスは四週間の旅の始まりだったが、チロルの山々、シャモニーの氷河の素晴らしさとは別に、このクレムスでの時間がなんとも忘れがたい旅のエッセンスであったような気がする。

（東急クリエイティブライフセミナー渋谷ＢＥエッセイ教室有志同人誌「みづ12号」）

二〇〇〇年一月一日発行

福祉はどうあるべきか

自主的ボランティア活動を

私は平凡なサラリーマンの家庭の主婦で、あまり難しいことはわかりません。ただ、福祉と名のつく行いを六年ほど前、水島照子先生の主催する「ボランティア労力銀行」において、一年ほど経験しました。それは月一度、二時間、車で二十分ほどの所にある特別養護老人ホームに行って、老人たちの部屋のお掃除や窓ガラスふき、ときにはベッドから起き上がるときの力紐の縫製など、また家に持ち帰ってする仕事には老人たちのおむつ、コンビネーションの縫製などがありました。

初めての体験とあって、何もかもが新鮮で楽しく、いつもはつらつとした気持で一年がまたたくまに過ぎていきました。が、回を重ねるにつけ、それなりにいろいろなことがありました。家のすぐ近くに寝たきり老人がおられ、お風呂も家族の方だけではなかなか入れにくい。老人ホームのあの広いお風呂まで連れて行って一度でもよいからお風呂に入れてさしあげたい。ただ人に喜ばれることをと思ったことでも、ホーム側の規制があって受け入れは不可能なことでした。また、労力銀行側にしても、ホームへのおねだりは許されないことでした。私たちが各部屋（六人ずつのベッドがある）をお掃除にまわるとき、お掃除をしながら、老人たちに接触して慣れるということがねらいでした。全部の部屋のお掃除をするとあまりゆっくり老人たちと話をする時間は持てませんでした。ホームの老人たちは、外部の新鮮な空気を一番恋しがっていることも、度重ねての訪問でわかって参りました。また、リネン室に山と積まれた古いおふとん、古いとはいえ、まだまだ我家では充分使えそうなものばかりでした。寮母さんたちの話によれば毎年毎年ホームに来る予算で費用が余るからとのこと、何かもったいない気持がしました。物質的にはこのホームの老人たちは結構恵まれているようでした。しかし、精神的な面で満たされぬものも多分にあったようです。また、一年の間には私たち支部のボランティア活動もピンチに陥ることもありました。

ボランティアをする限り、たとえ細々でも長くあてにされるものにしようと、月一度のボランティアも第三金曜日の十時から十二時までと定め、常時四人が行くようにし、残りはスペアとして待機していましたが、厳冬期に相つぐ風邪ひきで、どうしても四人そろって行くために流産したばかりの私が、寒い雪の日に電車に乗って無理して出かけたこともありました。もちろん会員同士でいたわりあいながらのことでした。また、このときはホーム側も駅まで車で送って来て下さいました。ボランティア活動としては比較的ホーム側とうまく行っていた方だと思います。

A市におけるボランティア

ホームに行き始めてちょうど一年目に私は主人の転勤に伴い上京し、A市に住むことになりました。こちらに来て間もなく、市が主催する社会福祉協議会なるものの呼び出しに応じて出席いたしました。ボランティアをしましょうとのタイトルで市役所の方のお話や映画なども見せていただき、関西に居ましたとき、自費で八回ほどのボランティア基礎講座を受けたときのことを思い出しました。そしてお昼には塗のお弁当が出され、帰りには社会福祉協議会と染めぬいた手ぬぐいや鉛筆などのおみやげをいただき、なんとも妙な気持で帰宅いたしました。

ただ、ボランティアとしてどんなことをしたらよいかを聴きに行っただけでしたのに。出席者のお弁当代、そしておみやげ代、いったいこの費用はどこから出るのでしょう。くわしいことは私にはわかりませんが、おそらくは私たちの負担する税金から出ているのだろうと思います。以後私は、市の主催するボランティア活動には欠席することにしました。

私のしてきたボランティアとは一体何だったのでしょう。私たちのボランティアが、あのホームの老人たちにどれだけ喜んでいただけたのでしょうか。老人たちよりも寮母さんたちが助かったのではないでしょうか。老人たちはお部屋のお掃除よりも、私たちとホームの外のことの語らいの方が嬉しかったのではないでしょうか。私たちに「ありがとう」と言うように寮母さんから強制されたことも後でわかりました。

私たちのボランティアをしているという自己満足は、ちょっとだけ寮母さんの手助けをしたに過ぎなかったのではないでしょうか。あの大勢の老人たちの中には「ありがとう」と、ほんとうに思って下さる方もあったかもしれません。が、中には迷惑に思った方もあったかもしれません。

寮母さんたちがお掃除に費やす時間だけ、あの老人たちに、私たちのできない何らかの形で、どれだけ還元されたでしょうか。考えるとわからなくなってしまいます。ボランティアとは、福祉とはいったいどうあるべきなのでしょうか。私には声を大にしてこうあるべきですという答がみつかりません。ただ私のわずかな体験を通して、無理をせず、細くとも長く、人がほんとうに欲し、喜ばれることを続けていけたらそれでよいのではないかと思います。

たとえそれがどんなにささやかなことであっても、してあげるのではなくてさせていただく、そんな気持でみずから喜びをもって自主的にボランティアができたら最高ではないでしょうか。現実にはなかなか困難なことですが。

これからますます老齢化社会に入って行くに従い、老人の孤独性が問題になって来ると思います。物質的な面も大切ですが、精神的な面で、ボランティアや、国家的な福祉も要求されて来るのではないでしょうか。老人には、一に生きがい、二に健康ともよく言われています。老人に生きがいを持っていただくための福祉のあり方をもっともっと真剣に考えてみる必要があるのではないでしょうか。また、福祉にのみ頼らず、自分の力で自分の周囲を住みよくする努力も必要でしょう。孤独なのはホームの老人たちだけではないと思います。ボランティアの精神をホームの方たちにのみ向けるのではなく、自分の身近な周囲でお互いがむき合ったならば、居心地の良い住み良い環境が生まれてくるのではないでしょうか。

そして、行政のことは何もわからぬ私ですが、皆あえいで出している税金です。これ以上の増税よりも、どうしても必要なものなら仕方ありませんが、できるだけ無駄使いせずに少しでも有効に、ほんとうに恵まれない方たちにまわしていけたら嬉しく思います。

「福祉はどうあるべきか」44歳　第一席　入選

（「正論」一九八三年六月一日発行）

あとがき

私が短歌の手ほどきを受けたのは、三十五歳頃でした。下の子がまだ幼稚園にも入らないころ、友達に誘われて佐沢波弦先生に教えを受けました。が一年ほどでご高齢の先生は亡くなられ、あとはふっと思いついた時に書きとめる程度でした。

転勤で東京に戻ってからも、父や姑の病院通いに時間を費やし、自分のことはなかなかできませんでした。ときおり新聞でエッセイの募集があり、書いてみたいなと思う内容でしたので、応募したところひとつは思いがけなく一席に、ひとつはラジオ短波で放送されました。いずれもつたないものばかりですが、こんなことがきっかけで、朝日カルチャーや東急の講座にエッセイを十年ほど学びました。

平成八年に、両親の心配もなくなり、市のかるた教室、コカリナ教室に通いましたが、いずれも体調不良でできなくなり、そのとき「これならできる」と思ったのが短歌です。「潮音」に入社して二年余、まだ本を出すなどとはとも思いましたが、次々と親しい友だちが鬼籍に入り、私自身も肝炎ウイルスが消えた喜びも束の間、ガンに侵され切開手術。自分の年齢も考えて、八十歳を記念し、終活のつもりでまとめてみました。

「潮音」選者の平山公一先生には手とり足とり、歌友の増岡久美子様、窪田文雄様、星野芳江様にはいろいろアドバイスいただき感謝いたしております。ほんとうにありがとうございました。また「潮音流山歌会」の皆様をはじめ「潮音社」にもあらためて御礼申し上げます。

また、出版にあたっては、砂子屋書房の田村雅之社長にひとかたならぬお世話になりました。厚く御礼申し上げます。

二〇一八年一月

高森恵子

著者略歴

昭和十三年四月五日　東京都滝の川にて出生

　　四歳頃埼玉の母の実家に疎開

昭和三十四年　山脇学園短期大学卒業

昭和三十八年　結婚

昭和三十九年　夫の転勤により和歌山市に在住

昭和五十二年　東京に戻り流山市に住む　一女一男の母

平成二十七年　「潮音」入社

歌集　梓　川

二〇一八年四月五日初版発行

著　者　髙森恵子
千葉県流山市向小金二—二五四—三（〒二七〇—〇一四三）

発行者　田村雅之

発行所　砂子屋書房
東京都千代田区内神田三—四—七（〒一〇一—〇〇四七）
電話　〇三—三二五六—四七〇八　振替　〇〇一三〇—二—九七六三一
URL　http://www.sunagoya.com

組　版　はあどわあく

印　刷　長野印刷商工株式会社

製　本　渋谷文泉閣